KB270631

짜구질 소리

황금알 시인선 64

짜구질 소리

초판인쇄일 | 2012년 12월 22일
초판발행일 | 2012년 12월 31일

지은이 | 정인목
펴낸곳 | 도서출판 황금알
펴낸이 | 金永馥
선정위원 | 마종기 · 유안진 · 이수익 · 문인수
주 간 | 김영탁
편집실장 | 조경숙
표지디자인 | 칼라박스
주 소 | 110-510 서울시 종로구 동숭동 201-14 청기와빌라2차 104호
물류센타(직송 · 반품) | 100-272 서울시 중구 필동2가 124-6 1F
전 화 | 02)2275-9171
팩 스 | 02)2275-9172
이메일 | tibet21@hanmail.net
홈페이지 | http://goldegg21.com
출판등록 | 2003년 03월 26일(제300-2003-230호)

ⓒ2012 정인목 & Gold Egg Publishing Company Printed in Korea

값 8,000원

ISBN 978-89-97318-34-6-03810

짜구질 소리

정인목 시집

황금알

| 시인의 말 |

　욕심껏 살아왔다. 그 욕심만으로는 씻기지 않던 무엇, 알 수 없는 울림, 그것이 떠돌아다닌다. 굼실굼실 살 속을 기어다니기도 하고 머리 위로 근질근질 솟구쳐 올라 한 움큼씩 머리카락을 쥐어뜯기도 한다.

　귀 기울이면 귀가 멀고 눈을 크게 뜨면 뜰수록 침침해진다. 눈을 감고 귀를 틀어막는다. 눈멀고 귀먹은 것들의 아우성, 그 울림에 촉수를 뻗고 움을 틔운다.

　문득, 잡풀만 키웠다는 생각이 든다. 그럼에도 시집을 내야겠다는 용기를 낸 것은 그것들이 오롯이 내 유전자라는 것이다. 들길을 가다 작은 들꽃 앞에 쪼그려 앉아 있는 나를 보고, ‘누군가도 내가 싹틔우고 물들인 시 앞에 쪼그려 앉는 이가 있지 않을까?’ 참 행복한 상상을 해 본다.

　시집을 엮기까지 애써 주신 분들께 감사드린다.

2012. 겨울
정인목

차 례

1부

그네

흔들리지 말자고
쇠사슬로
고리 고리
동여맸어도,
그대만 앉으면
솟구치는 나는,
돌아선
그대의 무게
고스란히 품고
아직도 흔들리고 있습니다.

공사 중

단단한 콘크리트 벽
기둥과 기둥 사이에
힘줄처럼 버티고 선 철근이
포크레인의 굉음을 맞고
구불구불 내동댕이쳐진다
뼛속 깊이 박혀 있던
신경가닥이 끊어져 나간다

밖으로 허물어 버린 공간
실바람에 묻어드는 봄볕이
개나리 꽃덤불을 지나
어둠의 성 안으로 들어오고
그대 안에서 환하게 방전될
나의 눈빛을 위하여
나는 지금 내부 공사 중
노오란 봄볕을 충전하고 있다.

지등

등은 심지를 낮추지 않는다
바람이 분간 없이 흔들어댈 때도
제 혼자, 제 속을 그을리다가
곧은 심지 더 곧게 세워도 보고
흔들리다, 흔들리다 지치면
시꺼멓게 타들어가는 심지 끝에
솟대 같은 불씨 걸어 놓고
더러는 몸살처럼 누워도
결코 빛을 놓지 않는다

등은 말을 하지 않는다
세월이 분간 없이 가서
제 속에 채워진 기름이 다 마르고
제 목이 타들어갈 때도
나이 먹으면 기름기 없는 것이
목마르고 입 마르는 것이 당연하다며
기어이 내색하지 않으시던 아버지
꺼지지 않는 지등 하나를
내 안의 사립문에 내걸으셨다.

쑥설기

초가 옆 굽어진 밭둑
햇병아리 수다를 뜯어
쑥설기를 피워 올리는 어머니
뉘 부르는 마음 짙푸르러
보리밭길 달려가던
풀피리 소리 되돌아오고
아낙들 무리지은 고샅마다
흩뿌려진 햇수다
쑥덕쑥덕 농익는 소문들……
흰 구름 이고 가는 언덕
보릿고개 뜯다 가신
황톳빛 어머니 무덤가에
무성히도 자란 햇수다
쑥쑥 뽑아 올려 새김질하면
쑥국 쑥국
쑥국새 따라서 운다.

적상호*

천길 높이를 오르내리는
적상호 물줄기
밤이면 어둠을 기어올라
별들을 끌어안고 꿈을 꾸다가
낮이면 별빛을 풀어헤치며
무주를 향해 온몸을 내던진다
하루를, 계절을 꼽지 않는
적상호 물줄기
산그림자에 뿌리박고 사는
산사람들의 어머니
멍든 무주호가 밤새 어둠을 채워도
물빛은 멍들지 않는 하늘빛이다
어머니는 결코 강으로 나서지 않는다
산 위로 뜨는 별빛과
산 아래를 걷고 있는
자식들의 눈빛을 바라보며
호수의 깊이에 멍든 속살 감추고
무주의 피를 돌리는 심장에

시동을 건다.

* 양수 발전을 위해 적상산 정상 부근에 만든 호수. 하부 댐인 무주호의
  물을 끌어올려서 전기를 일으키고, 이 전기를 무주 읍내로 송전한다.

만경강

강은 가야 할 때 가고
머물러야 할 곳에 머물러 들녘을 바라본다
한 필지, 한 골도 허통으로 살피지 않고
그득그득 채우고 가는 강

들풀들이 혀를 날름거리며
물비린내 한 입씩 베어먹고
하품 기지개를 펴다 심드렁히 존다
조는 들풀 바라보며 미소 출렁이고 가는 강

흘러가는 목적이 바다가 아니리라
땅이거나 풀이거나……
한 방울 헛되지 않게
생명을 부둥켜안고 가는 어머니

가야 할 때 가고
머물러야 할 곳에 머물러
제 몸이 다 마르도록
젖을 물리고 가는 강

짜구질* 소리
― 소년 1

조막만 한 하늘 아래
아이들 지저귀는 소리가
고샅을 뛰어나와 사립문 밖에 쌓인다
나무토막을 붙들고 서 있는 소년의 손끝으로
쟁기를 깎고 있는 아버지의 짜구질 소리가 달그락거린다
잘 잡아라!
대문 밖으로 뛰쳐나간 소년의 시선이 되돌아온다
황소 같은 형이
동랑東廊에 누워 새김질하는 중에
둘째야, 형은 대학꺼정 갈쳐야 허고
동생은 고등핵교꺼정 마쳐야 헌게 너는 나허고 농사
짓자
5학년,
덜 여문 눈망울 속으로 먹구름이 둥둥 떠간다
잘 잡아라!
조막 하늘에
공멍처럼 뛰어다니던 푸르름이 와라, 쏟아져 내린다.

* 짜구: 자귀의 방언으로 나무를 쪼아 깎는 도구

나뭇짐
— 소년 2

나뭇짐을 지고 산길을 내려오는 동안
어깨가 무너져 내렸어요
다리에서 후들후들 후들새가 울었습니다
혼자서는 일어날 수 없는 무게라서
지겟다리 놓을 높이를 찾지 못하면
이를 악물고 한참을 더 걸었습니다
다리가 주저앉고
어깨가 무너지던 아픔보다 더 아픈 것은
아무도
짐 밀어줄 사람이 없다는 사실을 안다는 것
그 순간
땅거미 키득거리는 소리가
발뒤꿈치까지 쫓아와서
두려움의 부피로 금세 앞길을 갉아먹었습니다

결코, 놓고 갈 수 없었던
내 윗목을 달굴 나뭇짐, 여기 지고 왔습니다.

쟁기질
— 소년 3

쟁기 끝을 보지 말고
소 궁둥이를 바로 세워야 한다고
어린 나이에 쟁기질을 배웠지요

그것으로
어머니의 밭을 일구고
아버지의 논을 일구고
정작 내 논밭은 일구지 못했지요

묵정밭일수록
잡초는 다투어 자라서
허우대 좋은 꿈들이 자지러지고
나는 다시 쟁기를 잡았지요

앞서 가는
소 궁둥이를 바로 세워야 한다던
아버지의 생기질을
불혹이 되어서야 배웠지요.

수학 여행
— 소년 4

"수학 여행 가자!"
어둠이 깨어나기 전
아이들 목청이 사립문을 밀치고 들어온다
밤새 뒤척인 산비둘기
애써 외면하는 깃털 속으로 찬바람이 날아든다
"수학 여행 가는 날이냐? 어서 일어나거라!"
고드름 같은 아버지 목소리에 문풍지가 바르르 떤다

아이들 담박질소리 먼동으로 달아나고
소년만 홀로 남아
책갈피 속에 숨겨진 수학 여행비를 꺼낸다
"아부지, 중학교 보내 줘요"
그리고 말문을 걸어 잠궜다

"너는 나허고 농사짓자!"
도장 꾹 눌러준 수학 여행 조사표에
새빨간 자국 선명하게 찍혀 있는 책갈피
넘기고 있다.

안면도 할매 · 할배 바위

할매 할매
할매는 없고 바위만 있네
헤매다 헤매다 소용돌이치던 파도, 석양에 몸을 뉘고
구사일생 건진 목숨
처얼 처얼썩 할매바위에 닿더라

할배 할배
할배는 오지 않고 바위만 왔네
기다림에 지친 파도, 놀빛에 눈시울 말리다가
끝내 말리지 못한 눈물
붉디붉어 할배바위에 닿더라

죽어서도 손을 놓지 않는 꽃지해변의 망부석
바위에 돋아난 곰솔 머리 위로
일렁이는 노을빛 파도, 해를 넘기며 곱더라.

인우기 형님

푸세기* 인우기 형님 이제 살 만하신갑다

외아들로 자라 제것 아까운 줄 모른다고
뒤통수깨나 눈총 찔렸을 게다
맘 가는 데로 불러세워
밥 사주고 술 사주고
살림은 뒷전으로 살다 살다
암도 모른 곳에 살면 어쩔까
형수님 등살에 떠밀려 타지 가신 지 오래

형님이 생각나
옛집 뒤안을 돌아든다
시간의 밑동을 헤적여
새로 뿌리를 키운 밤나무가
내 발자국 소리에
헤죽헤죽 밤톨을 떨군다
그리고 뜬금없이 전화벨이 울린다

인우기 형님, 또 푸세기살 돋으신 게다.

* 씀씀이가 헤픈 사람을 일컫는 속어

겨울 억새

겨울 강가로 가 보았다
허옇게 나부끼던
억새의 기억들은
벌써 강 건너에 가 있었다
벨 듯 흔들어댔던 삶
성글성글한 돌기를 드러내고
누렇게 말라버린 뻘쭉한 육신을
강가에 우두커니 세워두고 있다
강바람이 불어올 때마다
날아가 버린 허연 기억들을 찾으려고
남아 있는 몇 개의 퍼즐 조각을 헤집으며
힐끔힐끔 강 건너를 바라본다
지난 계절들이
마른 옥수수밭을 지나
성근 머릿속을 휑하니 지나가고
덩달아 언 강을 건너려는
아버지를 닮은 억새

푸드득
백로 한 마리 날아간다.

밭

가을걷이가 끝난 밭은
황톳빛 맨얼굴

벌건 세월 서슬 퍼렇게 살아
잘 익혀낸 알곡
도시 곡간으로 떠나보낸 뒤
가을걷이에 긁힌 상처와
속 다 파낸 육신을
산자락 아래 펼쳐 놓고
하늘 저편 물드는 놀빛

가을걷이 끝난 밭
와락, 어머니 생각
황톳빛 맨얼굴 뒤로
하늘 내음이 힐끔 따라나온다.

그리움

낙엽 하나만 떨어져도 밤이 한 톨
풀벌레 소리에 하늘 어디 매달린 별빛이 뚝뚝 떨어지고
바람 한 자락 스쳐도
싹이 돋는 가을 밤

어둠이 소곤소곤 왔다가 밤나무 아래 새우잠을 자고
늑대도 울지 않던 새벽
허옇게 내린 서리에 불쑥불쑥 솟구쳐 오른
싹들의 절규

아무 일 없다는 듯 아침은 밝고

세 켤레 신발

우리 집 현관에는 세 켤레 신발이 모여 삽니다

냄새 풀풀 나는 항공모함 한 대에
허리 날씬한 뾰족구두 순양함
옆구리 터진 운동화 한 켤레 구축함

아침이면 헤어졌다 밤이면 모여드는 세 켤레
곁눈질로 슬쩍슬쩍 훔쳐보면
기대고, 안아주고, 입맞춤하고……

밤마다 현관에선 몰래몰래 대해전大海戰이 벌어집니다.

2부

숨

들이키면
내놓으라 야단이요
내쉬고 나면
들여오라 법석이다

뭔 살림살이가 이런가 싶어
꽉, 참고 있으려니
붉은 혈관에
시퍼런 피멍이 든다

내쉬어야 숨통 트인다고
핏대 빳빳이 세우는 세상
지갑 쭉 열었더니
푸
후
우
혈색 환하게 도는 얼굴, 얼굴들

유통 기한

기억의 점액이 묽어진다
저리는 손끝에서부터
육신 무너지는 소리가 들린다
촘촘히 박음질한 삶
뜯어진 실밥 사이로
지식이 말을 뱉어낸다
독선이 뛰어다닌다
유통 기한이 다가오는 중이다
백신은 없다
살아온 긴 막대로 휘휘 저어
수리수리 마수리
들큼하게 삭여내는 일
석양빛에 발그레 물드는 일

쌈

초록 이파리를 펴들고
고소한 고기 한 점에
매운 고추와
독한 마늘
짠 된장을 찍어 발라
한 입 넣어주던 그대의 쌈

아삭아삭 씹히는
감칠맛나는 사랑이
매운 이별과
독한 그리움인 줄을 모르고
해 기우는 주점에서
나는 주정뱅이가 되었습니다.

흔적

빨려가 버린 물건을 찾으려고
진공청소기 필터 속을 들여다본다
피 먹여 키운 머리카락
가슴속에 나풀거리던 먼지
어제 부러진 뾰쪽한 욕망과
오늘 부스럭거리는 희망이
소용돌이 바람을 밀어내며
삶을 보듬고 있다
쓸 것도 버릴 것도 없는
흔적의 반선半船
묻혀 들여온 세상들이
가득 채워지는 날
소각장으로 가야 할 운명 앞에
내 안의 나를 찾으려고
내 안의 나를 덜어낼 때마다
풀썩풀썩 먼지기침이 난다.

바람모퉁이*

바다가 그리운 갯벌
골, 골, 골, 골을 파다가
게도 조개도 숨을 거두고
갯벌이 그리운 바다
철썩철썩 널을 뛰다가
지치고 지쳐 둑 아래 웅성거린다
바다를 줍던 어머니도
노을을 끌고 오던 비린내도
망향의 설움마저 야윈 바다
둑 너머
쓱쓱 비질해 오는 된바람에
까뭇까뭇 묻어오는 먼바다 소식
바람모퉁이 돌아들면
일어나는 흙먼지
와르르 따라가는 갯혼령들

* 바람모퉁이: 부안 해창의 해안도로 모퉁이에 세찬 바람이 분다 하여
  붙여진 이름. 새만금이 한눈에 내려다보이는 곳이다.

시국 2009

꼬가지 한 뼘 쳐들고
송홧가루 날리던 것이
하늘에 뭔 죄가 되었다고
뿌리 잘리고
가지 잘린 소나무들
뉘 밭떼기에
많이도 붙들려와
쇠줄에 꽁꽁 묶여 있구나
뙤약볕에 줄줄이 세워 놓고
잘린 모양대로
꼭두각시 노릇만 하라니
어찌할 거나
누렇게 황달이 든
분통터진 소나무들
내년 봄쯤이나 되어야
송홧가루 날리겠구나.

조화 弔花

내 이름, 내 꽃말을 가리고
낯선 이름과
낯선 의미의 리본을 매달았다

얼굴을 내밀며
미소를 지어도
낯선 표정만 짓는 조문객들

누구로 피었던 걸까
누구의 향기로 시드는 걸까

주검 앞에 순장되는 나는
내 향의 부피보다
낯선 이의 얼굴로 피어
죽어간 이의 향기로 시든다.

팽이치기

치고 또 치고
자리 잡고 조금 돈다 싶어
채를 놓으면
마당 한 바퀴 돌아올 참을
참지 못하고 쓰러져 버리던
홀태바지 팽이*

해, 덜 여문 아침
팽이 위에 색칠을 하고 채찍을 쳤다
웅웅 속울음을 울면서도
무지개가 돌았다

퇴색된 무지개 위에
계절의 어지럼병이 앉아 있다
남은 반 바퀴가 버겁다고
앵앵 귀울림 소리를 낸다
채를 놓으면 쓰러져 버리는 팽이
아직 더 돌아야 한다. 책. 책. 책.

* 손으로 깎아 만들어 홀태바지처럼 밑이 민정한 팽이

2호선 왕십리역

역들을 지나쳐
달려가고 달려가도
언제나 되돌아오는
2호선 순환 전철

어느 늦가을쯤
계절에 기대고 서 있다가
왕십리往+里역에 닿거든
조용히 내릴 일이다

그 역은 갈아타는 곳

십 리쯤 더 달려
어느 천궁天宮에 이르거든
오늘 들고 온 무게
고스란히 전생으로 환전을 하고

다시, 봄으로 귀환하는
순환 전철을 타야만 한다.

동행
― 들풀 1

두리번거리고 가는 길섶

시 한 포기

이야기 한 줄기 만나거든

그대 눈동자 앞에

쪼그려 앉아

네 빛깔 우려내고 싶다

내 빛깔 우려내고 싶다.

봄까치꽃
― 들풀 2

겨울 이야기 물어 나르던 들풀
보랏빛 햇살을 따라
깍, 깍, 깍, 깍, 봄길에 닿으면
볕 어른대는 뜰에
까치 지저귀는 소리

모짝모짝 마주앉아
보랏빛 물들이고
아랫녘에 내려앉아
개불알풀로 살아가는 들꽃*

키 큰 양반네들도
무릎 꿇고, 고개 숙여야
봄 까치소리 들을 수 있는
소리꽃, 피었다.

* 개불알풀꽃: 봄까치풀꽃의 학명

들풀은 웃자라지 않는다

내를 따라 우거진 들풀을 본다
발 아래 작은 들풀들을 밟고
시퍼런 물줄기마저 굴복시킨
키 세운 달풀*을 본다
들풀의 탈을 쓴 권력을 본다

들풀은 웃자라지 않는다
스스로 키 낮출 줄 알아
한 송이 키 작은 꽃을 피워도
제 키보다 더 큰 행복을 키워낼 줄 안다

들풀은 덩치 큰 열매를 맺지 않는다
햇살 한 줌 감사할 줄 알아
서릿발 아래 불씨 한 줌 묻어두고
다시 이 땅에 봄을 부를 줄 안다.

* 주로 냇가에서 자라는 볏과 식물로 달뿌리풀이라고도 부른다.

여름 휴가가 갇혔다

장맛비에 여름 휴가가 갇혔다
창을 든 무수한 상념들이
유리창을 윽박지르며 내린다
희뿌연 하늘을 올려다보던
몇 날 부르튼 내 동공이
침실 거실 식탁 위를 굴러다닌다
시간을 찢어내고 있다
끈적끈적 달라붙는 상념에
비누칠을 하며
거품처럼 부풀어 오른 날들을 씻는다
오후들어 한나절 햇발이 좋다
빨랫줄에 사지를 늘어뜨린
육신의 평화로움이
내일보다 먼저 출근길을 건너다본다
빳빳이 마른 휴가가
내일의 긴장을 당기고 있다.

홍련암 가을

홍련암 토굴에는 키가 그만그만한 두 비구니 스님이
수행 중이다. 석탑 그림자를 베고 잔디밭에 비스듬히 누
운 가을 햇살보다 더 정겨운 흙집이 두 스님을 닮았는
지, 두 스님이 흙집을 닮았는지 그만그만한 풍경이 어우
러진 저녁나절

초가 위로 피어난 군불 연기
관음봉 길을 트는 중

비 오는 날

흘러가 버린 것들이
모퉁이 어디쯤에 모여앉아
잡담을 하고 있었나 보네요
빗방울 소리에
후두둑 후두둑 뛰어오는
발자국소리 들려오고요
동쪽 창문에
잡담이 와르르 달라붙네요
주름살처럼 구부러진
옛길을 따라
지난 이야기들이 소란스럽고요
지워도 지워도 지워지지 않는
수채화 속 인연의 나무들이
창 밖에서
화폭의 먼지를 씻고 있네요.

가을 유희

기을이 하루하루 커 갈수록
하늘도 한 뼘씩 자란다
어지럽혀진 여름은
아직, 다 정리를 못 했는데
저 환장할 햇살 좀 보소

마음 뒤숭숭한 일상
딱, 접어 버리고
어지럽혀진 생각
여름 옷자락 끝에 쌓아
후룩, 불 질러 버리고
속살 다 드러낸 햇살과 함께
춤이나 한번 추어 보세

환장하면
춤출 일 말고 또 뭐 있으랴.

3 부

어떤 문답 1

딱!
손바닥에 죽비를 내려친 스님이 묻는다
이 소리는 몇 근입니까?

짝!
손뼉을 치고는 스님께 묻는다
스님. 그럼 이 소리는 얼마치입니까?

하, 하, 하, 이 정도면 되겠습니까?
허, 허, 이건 덤입니다.

어떤 문답 2

아빠, 학교에서 시 써오라는데 어떻게 해요?
응, 앙케라도 써 봐
아무렇게 어떻게요?
그럼 저 철쭉을 보고 써 보든지
그러니까 뭘 쓰냐고요?
응, 일단 철쭉에게 말을 걸어 봐. 그걸 글로 옮겨
어떻게 무생물하고 이야기를 해요?
으응, 그냥 친구라고 생각혀. 맘에 둔 여자 친구라고
생각하든지 (잠시 후)

제목: 봄처녀

연분홍
철쭉아!

너는 왜 그렇게 예쁘게 피었니?
– 봄처녀라서 그렇지

봄처녀는 원래 예쁘니?
– 아니, 네가 바라볼 때만 예뻐져

생손 아리기

아리고 아리라지
생손 아려 봐야
네 아픔
손끝만큼 아는 게지

곪을 만큼 곪으라지
속 깊이 곪아 봐야
네 속
썩는 것도 아는 게지

농창 익으라지
피고름 뱉어내고서야
속 시원하게
아물고 사는 게지.

내 사랑은

내 사랑은 굴광성*이라서
태양이 숨으면
온 종일
구름 속을 헤매고 다닌다

시선을 돌려본들
온통 암순응*

태양이 떠올라야
돌아나는 시력
눈멀 그날까지
내 사랑은 빛바라기

* 굴광성: 식물체가 빛의 방향으로 반응하는 성질
* 암순응: 밝은 빛을 보다 시선을 돌리면 오래도록 어두워 보이는 현상

단식

먹어야 한단다. 먹고 살자면

많이도 먹고 살았다

먹
고
싶
다

먹지 않고도 사는구나!

복돼지

호주머니 속
가난을
먹고 사는 복돼지

일 년을
배불려 먹고
배장구 치면

복돼지
뱃속에는
복 터지는 소리

흥부네
앞마당엔
박 터지는 소리

막걸리의 주정

콧대 높은 술들아

너그들은

속트림할 줄 아니?

매화목

꽃이 내게로 왔다

똑.

똑.

또르륵 똑.

언 몸에서

심장 뛰는 소리가 들린다.

빈배

세상 물건
다 실어왔으니
중생重生이다

그 물건
모두 돌려보내고
빈배로다

텅 비어
가득했던 빛이
본래로 돌아와 밝다.

아버지의 지게

쑥국 쑥국
자식은 열
한숨은 고봉

솥 텅 솥 텅
겉보리 한 말
보리 서 말

보릿고개
넘어 넘어
비탈진 콩밭

부엉 부엉
자식은 열
별빛은 고봉

첫눈

언 가슴으로
이 땅에 온 겨울 아이

멀쑥하게 내민 손바닥 위로 전해지는
내 온기가 낯설어
스멀스멀 사라지던 아이

가로등 불빛 먼 길목
기억을 쌓을수록 얼어붙는
겨울 아이

낙화

꽃이
그리워
봄이 왔더냐

봄볕에
그을린
꽃이 진다.

봄 오후

졸음과
된시름
한판하였더니
몸도
정신줄도 곤하다

뉘,
나
일으켜 세울
도깨비 같은
사랑 하나 파소.

내 그림자

발목을 붙들고
벌렁 누워 버린 넌
일곱 살 떼보

내 흔적의 부스러기들을
질질 끌고 와 펼쳐 놓고
잘잘못을 호객하는 넌
쉰 살 보따리상

화려하지 마라
욕심 부리지 마라
외로움을 즐겨라

떼보
내게 팔려는 물건
참, 많기도 하다.

춘곤증

봄 볕
배불리 먹은
포만감

오후의 장대 위에
졸고 있는
백팔번뇌

져 줘야
이기는 승부

골목 풍경

키 작은 아파트 담장 아래
튀밥 할아버지의 외침

뻥이요!

화들짝 놀란 벚나무 번쩍 눈을 뜬다
강냉이 꽃웃음들이
포르르 포르르 가지마다 뛰어오른다

귀 막고 돌아선 아이들
우르르 한 됫박 몰려나온다.

4부

바람을 기다리는 나무

나무를 싹 틔워 물들인 것은
바람이었다
흔들고 간 나무 아래
낙엽을 떨어뜨린 것도 바람이었다

그 낙엽 속엔, 아직
바스락거리는 사랑의 빛깔들이
몸을 뒤척이며 누워 있어
외아들을 간병하는 늙은 아비인 양
밤을 꼬박 지새우다가
우엉우엉 소리내어 울기도 한다

사랑이 뚝뚝 떨어지던
눈물샘 밑에
바람의 눈빛을 닮은 움 하나 안고
강바람에 혀를 대보는 나는
바람을 기다리는
바람소리에 귀를 대고 선 바람나무*다.

* 내 고향에서는 포플러나무를 바람나무라 불렀다.

사랑, 혹은 그리움

내 가슴에 살던, 사랑은 알아요

그대의 눈에 핀 꽃이 모여
내 가슴의 꽃밭이 되었다는 것을
그 해맑은 미소가 모여
언제나 그대 앞에 웃음밭이 되었다는 것을

내 가슴에 사는, 이별은 알아요

그대가 속삭였던 언어들이 모여
까만 밤의 별이 되었다는 것을
껌뻑껌뻑 은하의 눈물이 흘러
낮에도 반짝이는 물결이 되었다는 것을

마주 잡았던 손에 오간 전류
비 오는 날의 섬광이 되었어도
그 부신 기억을 볼 수 없어
창 두드리는 빗방울만 바라본다는 것을

가슴속 떠도는, 그리움은 알아요.

입석立石 줄다리기*

정월 대보름
입석이 헌 옷을 벗는다.
보름달이 달집으로 들어가자
달집 청상과부
모악母岳의 화신火神이 된다
긴 머리카락 흔들대며 쏟아내는 붉은 정열
천둥벌거숭이 자맥질로 둥둥 북을 울리고
꽹과리 잔달음질 지평을 연다

새끼줄에 엮인 들녘들이
하늘 땅 맞당겨 잡고
한 번은 금구金溝로 끌고 갔다
한 번은 광활廣活로 숨차 온다
열 섬지기 머슴살이 뼈마디 되고
벼고을 단야* 넋이 축제로 일어선다

지평선 밀고 가던 달빛
새벽을 밀어 올린다
청상과부 모악에서 젖이 흐른다

황산凰山을 지나 진봉進鳳으로 흘러
지평선 가득 풍년을 채운다

정월대보름
입석이 새 옷을 입는다.

* 입석 줄다리기: 김제 월촌에서 정월 대보름날 밤의 줄다리기 축제. 지난
  해 입석에 감아둔 줄을 풀어 달집에 태우고, 새로 꼰 새끼줄로
  줄다리기를 하고 다시 입석에 감아둔다. 액운을 막아 풍년이 온다고
  믿음.
* 단야: 벽골제 축조를 위해 제물로 바쳐진 벽골 태수의 딸

격자문

오래된 격자문의 울림을 듣는다
바튼 나뭇결
촘촘한 끼워 맞춤
저쪽에 선비가 살고 있단다

자유 무역에 유배된
낙향한 두루마기
격자에 갇혀
뼈를 분지르고 앉아 있다

태평양 너머 덩치 큰
화물선들이
노을빛 뒤로
쇠창 든 땅거미를 몰고 온다

닥종이 질긴 몸부림
어둠의 창에 찔려 까만 쇳녹을 토하고
선비의 촛불 지키던 소임도
너덜너덜 저승길을 간다

촛불 꺼지고 어둠.
선비의 목쉰 침묵이 까맣게 운다
누가 누구를 지킬 것인가?

뼈 앙상한 격자
그 주검 앞에
지조 없는 살쾡이만
"바보 멍청이!"*라 짖어댄다.

* 격자문 옆 벽에 새겨진 낙서

옻닭의 난亂

툭, 툭, 가려움증이 돋아난다
긁적대면 긁적댈수록
붉은 목청을 치켜세우고
낡은 마당을 뛰어다닌다
피지 말아야 할 사랑이
온몸에서 꽹과리를 쳐댄다

옻을 품은 사랑이 이럴까

몇 대의 해독제를 꽂아 넣고
몇 봉지의 이성理性을 털어 넣는다
피어오르던 사랑이 숨을 죽인다
딱지 밑으로 기어든 열꽃
꼬, 꼬, 꼬, 꼭
과민성 알레르기 살 속에 숨었다.

등산길

길이 멀다

앞서 간 발자국을 배낭 속에
주워 담으며 산을 오른다
거친 호흡이
비탈길에서 미끄럼을 탄다
능선을 따라 넘어온
봉우리 봉우리들
생의 고비들이
등줄기에서 땀에 젖는다
젊은 발자국 소리
등뒤로 다그쳐 오고
걸어온 길들이 길어질수록
배낭이 어깨 위에 주저앉는다
봉우리를 내려놓는다
가벼워진 걸음걸음이
가야 할 길을 내려다본다
내려서는 길에도 오르막이 있는

그 길 다시 멀다.

낙엽 일기

가을은 행복이었습니다
을씨년스럽기만 했던 날에도
바라보는 시선만으로
넉넉하고 따뜻했습니다

비가 오는 날이면
더 예쁜 물감을 풀어
치장하는 일로
기쁨을 삼았습니다

겨울비가 내립니다
떠나온 지 며칠
구석진 무덤에서
녹아내리는 육신

지난날
그렇게 고왔던 물감들이
검고 냄새나는 것이었음을
이제야 알았습니다.

출퇴근길

이른 출근길
꿈을 찾아가는 길 위로
노란 신호등이 연신 깜빡이고
이승과 저승을 가르듯
노란 중앙선이 너와 나를 막아선다

마주보며 차들이 바삐 오고
내가 밀어낸 언덕길을
너는 서둘러 가고
네가 버리고 간 길을
나는 꿈을 찾으러 달린다

너는 내 언덕에 오르고
나는 네 길에서 꿈을 만들어
되돌아오는 늦은 퇴근길
꿈이, 노동이 하나인 길
파란 신호등이 주르륵 길을 밝힌다.

방역 근무

서로 소통하는 길
품어대는 약품 사이로
삶을 끌고 가는 바퀴들이
덜컹거리며 지나간다
크고 작은 차들은
예외 없이 약물을 뒤집어쓰고
행여 따르던 바이러스를
질퍽하게 길바닥에 눕힌다

하얀 방역복 차림인 나는
한 마리 학
약물 한 방울이 독毒 같아서
길 없는 통제 구역
방역 컨테이너에 몸을 숨기고
너의 허물만을 소독하다가
내 안의 바이러스에
고스란히 노출되고 있다.

경지 정리
— 논 1

키보다 높은 두럭을 히물자
다랭이논들이 무너져 내렸다
잘 다듬어진 논바닥 위로
기계음들이 고이자
어우렁 어우렁
굽은 것들이 떠내려갔다

조막만 한 논바닥 위에
구부렁 농사를 짓던 이들도
경지 정리가 되었던 것인가
된숨을 몰아쉬던
다랭이논 같은
아버지의 혼불이 길을 떠났다.

농민 시위
— 논 2

    계절이 바뀌자 시퍼렇게 서걱대던 벼들이 갈 곳을 잃었다. 경운기 트랙터에 실려온 나락 가마니들이 농민보다 먼저 시청 광장으로 몰려든다. 농민들이 나란히 정렬된 가마니 위에 시퍼런 비닐 덕석을 덮고 가 버린다. 가마니들은 목청껏 외쳐보지도, 숨 한번 크게 내쉬지도 못하고……

    휘둥그레 눈을 뜨고 있는 것은 야방을 서고 있는 감시 카메라다. 가마니 사이로 어둠이 몰려와 숨바꼭질을 하다 심드렁히 존다. 행여 도둑이라도 들까 감시 카메라 영상을 지켜보던 당직 공무원의 눈초리가 졸음을 참지 못한다. 카메라가 참아내던 꿈을 꾸기 시작한다.

    '가마니에 불이 붙는다. 활활 고속도로가 타고, 가슴속의 질그릇이 깨진다. 솟구친 파편들이 서로의 어깨를 흔들어대고, 꼿꼿이 버티고 서 있는 것은 깃발이었다.'

    찬바람 몰아오는 광장, 씨나락 드릴 깃발은 가고 나락 가마니만 차곡차곡 엎어져 있다. 참, 씨 더디 나겠다.

상쇄잽이 아들
— 논 3

굿 한판 처 봐요.
아버지 몸이 바스락거린다. 살강 위 숟가락들이 먼저 일어서자 장독 속에서 파돗소리가 난다. 가난한 아이들이 정제, 장독대, 삼박골을 따라 돈다. 하늘 마당에서 상모가 돈다.

숨 안 차요?
아버지 몸이 삐그덕거린다. 밤새 내린 눈에 흠뻑 젖은 아버지가 몸살을 앓고 계신다. 아버지 곁에 앉아 시 몇 편 읽어드린다.

한참만에야 지그시 눈을 뜨신 아버지. 이제야 굿판을 물려주시려는 게다. 육탈이 다 된 꽹과리 가락에 시詩가 귀를 연다. 아버지 무덤 앞에서 헌틀번틀 상모가 돈다.

"길굿은 더디 치고, 판굿은 되게 쳐야 헌다."

커피 자판기

　돈 없고 빽 없는 게 죄여, 그려 그게 죄제, 싸구려 파는 가난뱅이는 싸구려전이 어울리고 말여, 번지르르허니 폼나는 것들은 백화점이 어울리듯이 고속도로 휴게소 목 좋은 곳에 에헴 허고 차지한 것은 돈 많은 양반네고, 살아 보겄자고 안 먹고 안 씀서 이런저런 귀신 곡허는 재주 갖고 있는 나는 가난뱅이들 불러들여 부잣집 장사 망친다고 한 쪽 귀탱이로 쫓겨난 것이제. 돈 없고 빽 없는 게 죄인 세상인겨.

　그리도 말여 날 찾는 사람들은 여전혀, 구수한 입담거리 좋아허는 사람들은 딴 데 못 가. 가 봤자 뭐 사는 맛이 나가니, 떼뭉쳐다님서 시끌벅쩍혀야 맛이제. 안 그려? 짤랑거리며 오는 저 억새풀 같은 사람들의 구수허게 사는 재미 한 줌 얻어먹어야 나도 덩달아 신이 나는디 말여. 목 좋은 터 내줌서 쓰디쓰게 볶았던 숯뎅이 가튼 가심도 저 사람들이 다 씻어 줬제. 그러고 보면 저 사람들이나 나나 서로 맴이 하나여. 떼뭉쳐 서로 안고 사는 것이제. 그것이 사람 사는 맛이여. 하기사 내가 여그 못 떠나는 것도 서로 사겄다고 몸 비비적대는 저 냄새 때문이여, 냄새

걸쭉한 입담에 큼지막한 동전 하나 밀어 넣는다
또르륵 가난한 마음 한 냥 거슬러 준다.

돼지우리터*

　해는 굼뜨게 뜨고 달은 담배 한 대참을 못 참고 져서,
별만 총총 주인이던 그 하늘 아래가 돼지우리터라네. 땅
깊은 정화수 숨겨 흘리며 천기를 누설하던 산기슭, 등
기대앉아 당샘 솟구친 물 받아먹고. 윗샘물은 물기운이
세서 윗터 사람마다 힘이 세고, 아랫샘물은 물맛이 깊어
글 깊은 이 많던 맑고 맑은 계곡 마을

　안산案山 잣나무 언 손 녹으면 양지바른 뒷양지에 진달
래 피고, 내 따라 분홍 향기가 흘러 내마다 들꽃들이 다
투어 피고, 버들피리 소리 꺾어 오던 책보 울러맨 아이
는, 시냇가 꽃 속에서 꽃장구치다 뜸부기 꽁무니를 쫓아
논길 들길 산길…… 들짐승 산짐승처럼 달려 헐떡헐떡
숨 뱉는 곳. 비가 오나 눈이 오나 십 리가 멀다않고 학교
오가던 길을, 꿀꿀꿀 멧돼지새끼처럼 파고들던 돼지우
리터

　갓 쓰고 수염 기른, 양반 헛기침소리 소재지 걸어 나
오면 "청계淸溪 양반 나오셨어요?" 인사 받기 바쁘시던
아버지. 조선시대 끄트머리 부여잡고 한세상 사시면서,

일제의 까만 굴속에서 까만 세월 까맣게 지내셔서, 해방
이 되었어도 조선이요, 민주공화국이 되었어도 조선이
요, 흰 옷에 흰 고무신 신고 사시던 아버지, 그 땅 일궈
그 땅에 파묻혀 살다 묻히신 다음

   돼지우리 자식새끼들 무지개 쫓아 집 비우고, 이집 저
집 터마다 비어, 옛 내음 옛 발자국소리 흔적이 없다. 세
월의 주름살만큼이나 깊이 팬 고샅길과 뿌리 썩은 돌담
만이 집을 지켜도 그 산 그 땅, 별들이 총총 주인인 그
하늘 아래가, 돼지새끼 젖가슴 파고들듯 파고드는, 내
고향 돼지우리터

* 내 고향은 사방으로 산이 둘러쳐 있어 드나드는 길이 하나뿐이다. 그래서
  돼지우리터라고 한다.

모랭이 너머 도깨비가 산다

바람은 늘 모랭이에서 불어왔다. 산밭으로 이어진 모랭이 너머에는 도깨비 궁전이 있었다. 어머니가 넘어가면 참깨, 고추, 옥수수가 뚝딱, 아버지가 넘어오면 콩, 밤, 고구마가 뚝딱, 도깨비들의 춤사위를 이고 지고 오시던 젖은 적삼에서 늘 도깨비 노린내가 났다.

바람의 고향이 궁금해 모랭이를 넘어간다. 도깨비재에서 달려나온 바람이 묵정밭 무너진 궁전 터를 휘돌아 콩 농사 고추 농사 지어 보자고, 도깨비 노린내를 불러내어 육신 휘감고 춤을 춘다.

도싯물만 먹고 자란 아내가 내 몸에서 도깨비 노린내가 난다며 저만치 코 비틀고 서 있을 때도, 바람은 늘 모랭이에서 불어온다.

그곳에 살고 싶다

갓나무에 걸린 쪽달이 제 혼자 시 한 수 읊조리다 모랭이 돌아가고, 석기 시대로부터 뛰어내린 낯선 별빛이 토방 끝에서 서성일 때, 졸음을 참아가며 그 긴 얘기 들어줄 수 있는 마음 넉넉한 곳

산허리를 잘라먹은 아침 안개가 어슬렁어슬렁 뒷마당에서 헛기침할 때, 밤새 어둠이 물질을 해 풀잎에 부린 이슬 같은 사랑 하나 팔베개 뉘고 다독다독거리는 곳

햇살 농익은 텃밭, 풋고추 몇 개 점심 공양으로 삼다 멀리서 친구 찾아오면 솔이며 상치며 함지박에 분질러 넣고 니것 내것 번갈아 수저 담그며 옛 이야기 실컷 파먹고 못다한 얘기들일랑 처마 끝에 고드름으로 매달아 두었다가 얼었다 녹았다 겨울나기 서럽지 않게 그리움 주렁주렁 매달고 사는 곳

서산 넘던 겨울 바람이 방솔가지 붙들고 놓지 않으려 할 때 살았던 흔적 슬쩍슬쩍 비추는 고향 물레바우* 어디쯤 육신 부리고 한나절 반 꾸었던 꿈 온전히 내려놓을 수 있는, 그 솔바람 머무는 곳

* 내 고향 돌아드는 경계에 큰 바위가 있고, 그 곁에 선산이 있다.

해 설

진정성으로 깎여진 아픈 기억의 힘

호 병 탁(문학평론가)

1

그것이 즐거운 것이든 괴로운 것이든 우리는 자주 과거를 되돌아보게 되는데, 이는 전적으로 기억이라는 정신작용에 의존한다. 지금 우리의 삶이 허무하고, 앞날이 불안하게 느껴질 때 과거에 대한 기억은—비록 아픈 기억일지라도—우리의 가슴에 쌉쌀한 그리움으로 번진다. 어떤 사람은 현재의 생활이 보람되고 행복하게 여겨질 수도 있다.

그러나 그에게도 여기까지 도달하기 위한 수많은 질곡의 기억이 있을 것이다. 그 기억의 맛은 쓸지 모르나 무작정 쓴맛이 아니다. 오히려 발효된 술처럼 미묘한 삶의 맛과 향기가 어우러져 오롯한 풍미風味로 변화되었음을 알게 된다. 우리를 매섭게 찌르던 찔레도 멀리 떨어져 바라볼 때는 미풍에 부드럽게 나부끼는 아름다운 넝쿨순으로 보이게 마련이다.

시인이 깎아낸 시편을 넘기며 위와 같은 생각을 떨칠 수 없었다. 시를 읽으며 가끔 한숨도 쉬어가며 창 밖에 물들어가는 가을을 바라보았다. 독자의 하나인 나의 한숨은 우리 모두가 공유할 수 있는 그런 아픈 기억에서 비롯된다. 시인의 기억 속에서 흘렸던 피는 우리의 피처럼 붉은 것이었고, 시인이 기억하는 대상은 대개의 우리와 마찬가지로 환희의 순간과는 거리가 먼 것이었다. 그 기억들은 주로 아픈 '상처'라 부르고, 누구나 이런 상처는 가슴속에 남아 있다.

그러나 역설적으로 그 아픔은 아름다운 서정을 잉태하게 하고 시인에게 예술작품의 창작 동기를 적극적으로 부여한다. 시인의 기억 속에 새겨진 상처들은 심미적 형상화 과정에서 치유되고 긍정된다. 그를 아프게 찌르던 가시는 시라는 예술작품으로 깎여지며 부드러운 순으로 변모하고, 자신은 물론 그런 가시에 마찬가지로 찔렸던 독자들의 마음을 어루만지게 되는 것이다.

조막만한 하늘 아래
아이들 지저귀는 소리가
고샅을 뛰어나와 사립문 밖에 쌓인다
나무토막을 붙들고 서 있는 소년의 손끝으로
쟁기를 깎고 있는 아버지의 짜구질 소리가 달그락거린다
잘 잡아라!
대문 밖으로 뛰쳐나간 소년의 시선이 되돌아온다

황소 같은 형이

동랑東廊에 누워 새김질하는 중에

둘째야, 형은 대학까정 갈쳐야 허고

동생은 고등핵교까정 마쳐야 헌게 너는 나허고 농사짓자!

5학년,

덜 여문 눈망울 속으로 먹구름이 둥둥 떠간다

잘 잡아라!

조막 하늘에

공명처럼 뛰어다니던 푸르름이 와락, 쏟아져 내린다.

―「짜구질 소리―소년 1」 전문

최근 초현실적이고 환상적이고 해체적인 시편들이 양산되고 있다. 소위 시인이 언어를 '자신의 의미로 강압'하기 위해, '자신의 의미로 탈구'시키기 위해 더 암시적이고 포괄적이며 간접적인 시편들을 생산하고 있는 것이다. 나름대로 문학적 존재가치를 주장할 만하다고 할 수 있겠지만 '한 줌의 사실적 이미지'조차 배제하려는 이런 작품들은 독자의 접근을 힘들게 하고 있는―거의 거부하고 있는―것도 사실이다.

문학의 존재 이유와 소용에 대한 지금까지의 원론적인 해답은 그것을 읽는 독자에게 '즐거움과 유익함'을 주는 것 외에는 아직까지 특별한 것이 없는 것 같다. 예술은 '미'를 추구하는 것이고 '미'는 '즐거움'을 주는 것이다. '감동'은 인간에게 '유익함'의 결과로 나타는 것이며 '감동'은 또한 '즐거움'의 일종이다. 그렇다면 우선 독자가 읽어야, 독자에게 읽혀야 즐거움이고 유익함이고 있을 것이 아닌가.

문학작품을 평가할 때 평가에 앞서 선행되는 작업이 있다. 그것은 바로 작품의 해석, 즉 이해와 감상을 하는 일이다. 이는 비평의 시작이요, 출발로서 이 작업의 선생 없이는 말짱 공염불이다. 따라서 이해되지 못하고 감상되지 못하는 작품은 평가에도 문제가 발생함은 당연하다. 이해되지 못하는 작품에 더 이해될 수 없는 평을 쓴다면 정말 독자를 우롱하는 짓거리가 될 터이다.

위의 인용시에서 독자의 용이한 접근성, 동시에 문학의 원론적 존재 이유를 충족시킬 수 있는 충분한 가능성이 담지되어 있음을 보게 되어 반갑다. 시에는 영화의 한 장면을 보고 있는 것 같은 생생한 장면묘사와 함께 기억의 서사가 담겨 있다.

"아이들 지저귀는 소리"가 "사립문 밖에 쌓인다"는 말은 시적 화자가 집 안에서 아버지와 함께 쟁기 만드는 힘든 일을 하는 동안, 동네 아이들이 밖에서 떠들고 노는 정경과 극명하게 대비되는 대목이다. 아버지는 나무를 쪼아 깎는 '짜구질'을 하고 있고, 소년은 그 나무토막을 곧추세워 붙잡고 있다. 쟁기 깎는 소리가 달그락거리지만 어린 소년의 마음은 이미 문 밖의 아이들과 함께 있다. 이런 마음은 "대문 밖으로 뛰쳐나간 소년의 시선"에서 잘 나타나는데, 특히 명사 '시선'을 수식하는 의외의 동작어 ‘뛰쳐나간’이란 어휘는 소년의 마음을 여실하게 드러내고 있다. 소년은 아이들과 밖에서 함께 뛰어놀고 싶은 것이다.

그러나 “잘 잡아라!”는 아버지의 냉엄한 명령은 소년의 시선을 거두게 한다. 아버지는 자신과 함께 농사를 짓자고 한다. 왜 그런지 그 ‘이유’를 우리는 알 수 없다. 당시의 어린 소년도 알 수 없었을 것이다. ‘이유’가 있긴 있다. 형은 대학까지 보내야 하고 동생은 고등학교까지는 마쳐야 하기 때문에 둘째는 농사를 지어야 한다는 ‘이유’다. 그렇다면 그런 ‘이유’는 또 어디서 연유하는 것인지 그 ‘이유’ 또한 알 수 없다.

실상 아버지를 도와 일을 해야 할 형은 마루에 누워 ‘황소처럼 되새김질’이나 하고 있다. 대학까지 갈 사람이기 때문이다. 학업을 계속하지 못한다는 불안, 5학년짜리 “덜 여문 눈망울”이지만 미래에 대한 불안으로 그 눈망울에는 하얀 솜털구름이 아닌 ”먹구름이“ 떠가게 된다. 붙잡고 있던 나무토막이 조금은 흔들렸을 것이다.

다시 “잘 잡아라!”는 질타가 떨어진다. “잘 잡아라!”라는 건조한 아버지의 명령은 두 차례 직접화법으로 반복되는데, 시인의 슬픈 심사와 대척점의 거리를 보이며 시에 팽팽한 긴장감을 야기한다. 그때 어린 소년의 눈에서 쏟아진 ‘푸르름’은 바로 시인의 낙루가 아니었던가.

2

　지난 일을 돌이켜 생각할 때 웃음의 꽃보다 아픔의 꽃이 더 많이 피었던 게 인간사인 것 같다. 앞의 시의 내용은 5학년짜리 어린 아이에게 아픔의 상처로 각인되어 생애 전체에 영향을 끼치는 트라우마로 작동될 수 있다. 트라우마는 선명한 시각적 이미지를 동반하고 그 이미지는 장기간 기억되는 법이다.

　그러나 시인은 이런 '정신적 외상外傷'의 이미지를 불쏘시개로 하여 문학창작의 불을 붙인다. 이는 바로 부정적인 상처의 아픔을 긍정적으로 변환시키는 치유의 몸짓이 되는 것이고, 이를 위해선 '진정성'이 바탕에 깔려 있어야 함은 물론이다. 프로이트가 정신분석 치료에서 꿈의 몇 가지 단서로 외상의 원인을 추적해 고통에서 해방시키는 것은, 꿈은 가식적·의도적으로 꾸는 것이 아니기 때문이다. 시인은 '진정성'을 가지고 자신의 아픔을 서사화하여 내적 긍정으로 변환시키고 있는 것이다.

　대개의 시가 풍경이나 인물묘사, 나아가 사람의 성격이나 사유, 내부적 관념 등을 서술하게 된다. 그러나 위의 시는 장면묘사로 '사건의 진행'을 서술하는 독특한 형식을 취하고 있음을 주목해야 한다. 바로 '대화'와 '행동묘사'가 주내용을 이루고 있는 것이다. 아무리 풍경이나 성격묘사를 자세히 해도 시간은 흐르지 않는다. 그러나 장면묘사는 서술속도가 사건의 진행속도와 가까워지게 하고 글 속의 시간도 흐르게 한다. 이는 '격정적 순간

intense moments'을 생동감 있게 제시함으로써 동작의 진행을 선명한 이미지로 그리는 데 아주 효과적이다.

격정적 순간의 서사가 담긴 또 다른 시를 보자.

"수학 여행 가자!"
어둠이 깨어나지 전
아이들 목청이 사립문을 밀치고 들어온다
밤새 뒤척인 산비둘기
애써 외면하는 깃털 속으로 찬바람이 날아든다
"수학 여행 가는 날이냐? 어서 일어나거라!"
고드름 같은 아버지 목소리에 문풍지가 바르르 떤다

아이들 담박질소리 먼동으로 달아나고
소년만 홀로 남아
책갈피 속에 숨겨둔 수학 여행비를 꺼낸다
"아부지, 중학교 보내 줘요"
그리고 말문을 걸어 잠궜다

"너는 나하고 농사짓자!"
도장 꾹 눌러준 수학 여행 조사표에
새빨간 자국이 선명하게 찍혀 있는 책갈피
넘기고 있다.

－「수학 여행－소년 4」 전문

인용된 시는 사건진행 과정을 생생하게 묘사함으로써

독자의 흥미를 자극함과 동시에 극적인 생동감을 부여
한다. 앞의 시보다 오히려 더 선명한 이미지로 시각과
청각을 자극하며 우리를 사건의 현장으로 인도하는, 그
리하여 소위 '보여주기showing'의 전범을 '보여'주는 장면
중심적 제시방법을 취하고 있다.

　비록 부족함이 많았더라도 학창시절의 수학여행은 우
리 모두에게 결코 잊히지 않는 값진 주억의 하나가 될
것이다. 이번에도 꼭두새벽부터 수학 여행 가자는 동네
아이들(타인)의 들뜬 목소리가 사립문을 밀치고 들어온
다. 시적 긴장은 타인과 자신과의 대척점에서 비롯되게
마련이다. 실상 시적 자아는 "밤새 뒤척인 산비둘기"처
럼 '잠 못 이루는 밤'으로 고뇌하고 있었다. 결국 그는 가
고 싶은 수학 여행을 포기한다. 마음은 그게 아닌데 "애
써 외면하는" 시인의 맘에 '찬바람'만 날아든다. 아버지
는 그것도 모르고 "수학 여행 가는 날이냐?"고 어서 일
어나기를 재촉한다.

　여기서 기가 막힌 사건의 전개가 벌어진다. 아이들은
떠나고 홀로 남은 소년은 "책갈피 속에 숨겨둔 수학 여
행비를 꺼낸다." 그리고 그 돈으로 중학교를 보내줄 것
을 요구한다. 어린 그는 수학 여행비가 중학교 입학금과
등가를 이루는 것인지 아닌지 알 수 없다. 가고 싶은 수
학 여행을 포기하는, 최소한 그에게 있어서는 '큰 희생의
대가'로 '중학교 입학'을 선택하고 집중하고 있는 것이다.
우리는 그의 선택이 실현되었는지는 알 수 없다. 그러나

아버지의 의도는 자신과 농사짓는 조건으로 수학 여행 조사표에 도장을 꾹 눌러준 것이 사실이다.

그 뒷얘기는 없다. 오랜 세월의 간극이 있은 후 그 아팠던 날의 책갈피를 이제야 넘겨보고 있을 뿐이다. 시인은 그날 이후를 '빈곳'으로 남겨 놓았고 이 '빈곳'은 독자들이 채워 넣어야 한다. 이 빈곳은 결코 '결함'이 되지 않는다. 오히려 작품의 효과를 발생시키는 기본적 출발점으로 이 '빈곳'은 이제 문학작품의 필수적 구성요소가 되고 있다. 그러나 독자의 보완적 상상력이 무제한으로 허용되는 것은 아니다. '서술된 이야기'의 맥락에서 이탈할 수 없음은 당연한 일이다.

3

앞에 소개한 두 편의 시는 그 상황적 현실은 다르지만 서사의 원초적 발단과 시적 화자의 상황에 대한 느낌은 맥락을 같이한다. 동네 아이들은 '밖에서' 떠들고 노는데 시인은 '안에서' 아버지와 '짜구질을 하고 있다. 동네 아이들은 '밖에서' 수학 여행 가자고 떠드는데 시인은 '안에서' 그것을 포기하고 중학교 갈 생각만 하고 있다. 시인의 마음은 늘 아이들과 함께 '밖'에 있지만 현실은 '안'에서만 맴돌 수밖에 없다. 어린 소년에게 '안'과 '밖'이라는 상거相距의 존재 위치는, 그리고 혼자 감내해야만 하는 현실적 소외의 아픔은 '몸의 기억'으로 각인되게 되는 것이다.

　이런 상황은 다른 「소년」 연작에서도 나타난다. 시인은 "앞서 가는/ 소 궁둥이를 바로 세워야 한다던/ 아버지의 쟁기질을"(「쟁기질—소년 3」) 어린 나이에 배웠다. 그러나 그 쟁기질로 자신의 논밭은 일구지 못했다. 그는 나뭇짐도 했다. "다리가 주저앉고/ 어깨가 무너지던 아픔보다 더 아픈 것은/ 아무도/ 짐 밀어줄 사람이 없다는 사실을 안다는 것"(「나뭇짐—소년 2」)이었다고 회억한다.

　그러나 이런 아픔은 놀라운 시적 상상력으로 창작의 물꼬를 텄다. 그리하여 "결코 놓고 갈 수 없었던" 그 무거웠던 나뭇짐은 이제 "내 윗목을 달굴 나뭇짐"으로 승화된다. 몸이 기억하는 상처와 심미적으로 재구성된 예술작품은 시인에게 일종의 치유를 위한 제의祭儀처럼 필연의 연관으로 작동되었던 것이다.

　시는 일상의 경험을 순진하게 재현하는 것이라는 '일상의 언어화'가 한때 유행하였고 '사건적 요소'가 전혀 배제된 시도 시가 된다는 오류가 긍정되기도 하였다. 이런 경향은 긴장의 끈이 느슨해진 원로·중견 시인들의 시를 '따라야 할 것'으로 생각한 시인들에 의해 1990년대에 확산되었다. 물론 시가 먹고 싸고 자는 일상을 다루면 안 된다는 법은 없다. 그러나 시가 '일상'을 재현하는 것은 거기에서 '비일상'을 견인하고자 함이며 이런 일상의 비일상화, 즉 예외라는 '사건의 경험'을 도출하는 것이 좋은 시라는 견해는 다수에 의해 공감되고 있다.

어떤 사람들은 쟁기질, 나뭇짐을 하는 것은 당시의 일상이었다고 주장할 수 있다. 또한 신산한 삶에 수학 여행 못 가는 일도 얼마든지 있을 수 있다고 말할 수 있다. 인정한다. 그러나 여기서 주목해야 할 것은 '가난'과 이에 따른 '학업 중단'이라는 개인적·사회적 갈등의 함수관계로 이는 기성의 사회적 질서체계에 대한 문제제기가 된다. 이런 것이 바로 '일상에서 도출한 비일상'의, 시인이 추구해야 할 시적 대상이 되는 '사건'이 될 것이다.

다시 한 번 강조하건대 앞의 인용시 두 편에는 서사가 들어 있다. 서사의 근원적 상황은 '일어났던 어떤 일을 들려주는 것'이다. '일어났던 어떤 일'은 '사건'이다. 사건은 시간의 흐름 속에 진행되고 그 사건을 읽는 독자도 시간의 흐름 속에 던져진다. 두 편의 시는-대화와 행동을 통한 장면묘사로-겉보기에는 일상 같지만 그 안에 내재한 '비일상적 사건의 진행'을 서술하고 있다. 생의 단면을 생생하게 포착하는 이런 장면묘사를 시인이 취하고 있음은 우리가 눈여겨봐야 할 점이다.

4

또래와의 간극과 이로 인한 소외의 상처는 그것을 만들고 방조한 사회체계와 인간행동에 대해 격한 감정의 격발이 있을 수 있다. 사실 시인이 입은 정신적 외상은 아버지를 포함한 사회권력과 물질의 결핍이 어린 약자

에게 가한 폭력의 결과다. 이런 폭력을 고발하고 자신이
설정하는 목적과 가치가 분명한 손가락을 새로운 방향
으로 가리키려 할 수도 있다.

그러나 시인은 감정을 절제한다. 사물과 현상을 폭력
적으로 자기화시키는 법은 결코 없다. 아픔도 슬픔도 미
움도 잘 숙성된 된장처럼 발효시켜 그 우러나는 향기의
감동을 독자와 함께 나누려 한다. 그 아팠던 날의 책갈
피를 독자와 함께 이제 한 장, 한 장 성찰의 장으로 넘겨
보고 있을 뿐이다. 자칫 메시지의 강조로 떨어질 뻔한
언어의 미감과 문체의 격조감은 견지된다. 사회적·물
질적 자아에서 참된 인간적 자아로 자신을 위치시키려
는 것이다.

감나무에 걸린 쪽달이 제 혼자 시 한수 읊조리다 모랭이
돌아가고, 석기 시대로부터 뛰어내린 낯선 별빛이 토방 끝
에서 서성일 때, 졸음을 참아가며 그 긴 얘기 들어줄 수 있
는 마음 넉넉한 곳
산허리를 잘라먹은 아침 안개가 어슬렁어슬렁 뒷마당에
서 헛기침할 때, 밤새 어둠이 물질해 풀잎에 부린 이슬 같
은 사랑 하나 팔베개 뉘고 다독다독거리는 곳
햇살 농익은 텃밭, 풋고추 몇 개 점심 공양으로 삼다 멀
리서 친구 찾아오면 솔이며 상치며 함지박에 분질러 넣고
니것 내것 번갈아 수저 담그며 옛 이야기 실컷 파먹고 못
다한 얘기들일랑 처마 끝에 고드름으로 매달아 두었다가
얼었다 녹았다 겨울나기 서럽지 않게 그리움 주렁주렁 매

달고 사는 곳

　서산 넘던 겨울 바람이 방솔가지 붙들고 놓지 않으려 할 때 살았던 흔적 슬쩍슬쩍 비추는 고향 물레바우, 어디쯤 육신 부리고 한나절 반 꾸었던 꿈 온전히 내려놓을 수 있는, 그 솔바람 머무는 곳

―「그곳에 살고 싶다」 전문

　시인이 그리고 있는 '살고 싶은 곳'의 풍경은 낯설지 않다. 나무에 걸린 쪽달이 산모퉁이 돌아가고, "별빛이 토방 끝에서 서성"이는 곳이다. 아침 안개가 일고 풀잎에 이슬이 내리는 곳이다. 친구 찾아오면 자신이 가꾼 채소들을 함께 비벼 먹으며 옛 이야기 나누는 곳이다. 겨울 바람이 머무는 물레바위, 그곳에 육신 부리고 부질없던 꿈 내려놓는 곳이다. 시의 얼개는 장소를 나타내는 네 개의 '곳'으로 구성되고 있다. 우리는 이런 풍경, 특히 고향에서 볼 수 있는 풍경에 익숙하다.

　그러나 이 풍경을 구성하고 있는 모든 사물들은 완벽한 인격을 부여받고 있다. 이를테면 미학적 감정이입이다. 달은 "제 혼자 시 한 수 읊조리다" 돌아가고, 별은 "토방 끝에서 서성"인다. 그리고 석기 시대로부터 연원하는 아득한 이야기를 들려준다. 다른 연도 마찬가지로 등장하는 모든 대상들은 현실적 존재양태를 탈각하고 '정령화精靈化'된다. 주객이 화해로 일치되는 조화의 세계가 아닐 수 없다. 더구나 '어슬렁어슬렁', '주렁주렁', '슬

쩍슬쩍'과 같은 의태는 '인심人心을 가진 유정물'로 변환되어 의활疑活의 생동감을 더하고 있다.

위의 시는 산문시다. 그러나 각 연의 종지는 '곳'이라는 엄정한 각운脚韻으로 마무리되고 있다. 이런 메타적인 운 조직은 서로 제휴하여, 구성된 각 시행의 집결을 공고히 한다. '곳'을 수식하는 많은 '절'이 시행에 존재하지만, 엄격히 말하자면 이 시는 '곳'이라는 주부만 있지 술부는 없는 특별한 경우다. 위의 시에서 구현되는 주체와 객체의 조화를 기하는 철저한 의활법, 산문시임에도 규칙적 각운을 통한 운율의 창조는 시인이 의도적으로 구사한 효과적인 문학적 전략으로 매우 돋보이는 점이다.

그럼에도 더 눈길이 가는 점은 간극과 소외의 상처가 발원한 이 장소에, 아이러니하게도 그가 쏟는 따뜻한 애정이다. 정신적 외상의 배경이 되었던 풍경, 바로 그 풍경이 존재하는 "그곳에" 시인은 살고 싶어한다. 바람, 별, 달이 있는 대자연 속에 부질없는 "꿈 온전히 내려놓"고 살고자 하는 시인의 '꿈'을 간과해서는 안 된다. 그곳에 살고 싶다는 그의 '꿈'은 백번이라도 이루어질 것이다.

5

시인이 내미는 여러 시편들은 안정된 숨결을 보인다. 상처를 읊건 희망을 읊건, 긴 시를 쓰건 짧은 시를 쓰건 그의 호흡은 고르다. 마음이 흐트러지면 시의 호흡도 거칠어지게 마련이다. 진솔하고 삿됨이 없는 시정신 속에서 비로소 시는 뜨거운 호소력을 갖는 한 송이 성찰의 꽃을 피우게 된다. 시인은 삶의 내면을 들추되 지적 재치나 도덕적 교훈으로 빠지지 않는다. 시행은 무사한 진행을 보이고, 언어의 지시적 측면은 상식적이다. 그러나 쉽게 지나칠 수 없는 흡인력으로 우리의 시선을 멈추게 한다. 이는 그의 시편들이 결핍도 과잉도 없는 건강한 항상성을 견지하고 있다는 말과 같다.

> 흔들리지 말자고
> 쇠사슬로
> 고리 고리
> 동여맸어도,
> 그대만 앉으면
> 솟구치는 나는,
> 돌아선
> 그대의 무게
> 고스란히 품고
> 아직도 흔들리고 있습니다.
>
> — 「그네」 전문

　선취仙趣가 느껴지는 시다. "흔들리지 말자고" 쇠사슬로 동여매도 그대가 앉으면 솟구치고 흔들리는 것이 '그네'다. 그리고 그 사람이 떠나도 그 무게를 "고스란히 품고" 흔들리는 것이 '그네'다. 위의 시는 무한한 시간의 한 단면에서 생과 존재의 의미, 그리고 그 본질을 추구하고자 하는, 서술을 극도로 억제하고 있는 간명한 시다. 시에는 흔한 비유 하나 없다. 심지어 수식하는 말도 부사어 '고스란히'뿐이다. 그저 '그네'라는 한 '평범한' 사물을 '평범하게' 서술하고 있는 것으로 보인다.

그럼에도 이 작품의 심층에서는 만남과 이별의 아픔이 조금씩 스미고 있음을 느낀다. 많은 사람들이 그저 '지나가는 사람'처럼 아무렇지도 않게 그네를 타다 간다. 우리의 삶이 모든 친근한 것들과 끊임없이 만나고 또 이별하는 것이 아닌가. 매순간 만나고 매순간 이별하지만 만남에는 '설렘'이 있고 이별에는 '아픔'이 있다. 그네가 사람을 만나면 설레어 솟구치고, 그리고 그 사람이 떠나면 그 사람의 무게를 아프게 품고 '흔들리게 되는 것'과 마찬가지다. 이제 「그네」는 시 전체가 삶의 찰나적 단면을 포착하여 그려내는 메타포로 기능하게 된다.

나는 시인을 잘 모른다. 이번 시집의 발문을 쓰기 위해 처음 만났다. 그가 공무원으로 일하고 있다는 것도 처음 알았다. 그가 공무원이라는 사실은 정규학교를 다녔긴 검정고시를 했건 모든 고등교육을 마쳤다는 것을 의미한다. 수학 여행을 포기하고 공부를 계속하고자 한 그의 선택과 집중은 정당화되었다. 그러나 내가 그를 만

났을 때 가장 확실했던 것은, 그가 아직도 5학년짜리 "덜 여문 눈망울"처럼 착하고 순수한 눈망울을 가지고 있다는 점이다. 진정성 없이는 짜구질, 쟁기질을 포함한 모든 시적 대상을 그처럼 순정하게 그려낼 수가 없다.

기대가 되는 시인이다. 그의 이름은 정인목이다.